DIOSA DE TALLAS GRANDES - A NOVELETA

Cathy McGough

Stratford Living Publishing

LO QUE DICEN LOS LECTORES...

DESDE ESTADOS UNIDOS

"Esta fue una pequeña lectura divertida sobre una joven que ha tenido sobrepeso la mayor parte de su vida, pero tras aplicar cambios en su estilo de vida y autodisciplina, empieza a ver su belleza interior además de su aspecto exterior. Mucho humor anima esta lectura rápida, así como algunas reflexiones sobre la opinión que la sociedad tiene de las mujeres. Tengo que decir que su mejor amiga me gustó incluso más que el personaje principal".

"Christina es un personaje con el que me identifico. Lo leí de una sentada mientras tomaba una taza de café y puedo recomendarte fácilmente que te tomes un descanso y hagas lo mismo."

"Disfruté con esta historia, y la m oda era bastante ligera y optimista".

"Ésta es una de esas historias que resonarán en mucha gente, yo incluida. Hay mucho humor en esta historia. Christina no se toma a sí misma demasiado en serio. A medida que crece su confianza, florece".

"Como soy del lado gordito, disfruto mucho con los divertidos arrebatos de Christina sobre la vida. Es fácil identificarse con ella".

"Me ha gustado esta lectura rápida. Toca todos los botones adecuados sobre la lucha que encontramos en el camino hacia la pérdida de peso.

DESDE EL REINO UNIDO

"Es una pequeña lectura encantadora sobre una mujer que ha transformado la forma de su cuerpo, pero cuya mente lucha por aceptar el hecho de que ya no es la misma de antes. Los personajes son geniales, la trama avanza rápidamente y realmente sientes algo por la protagonista."

Índice

¡A las BFFS de todo el mundo por todo lo que hacéis!

"Magia es creer en ti mismo,

si puedes hacer eso,

puedes hacer que ocurra cualquier cosa".

Wolfgang Von Goethe

Capítulo 1

HOY HE ESTADO A punto de comprarme un vestido nuevo. Era para celebrar que había alcanzado el siguiente nivel de mi objetivo de pérdida de peso. Mi entrenador había acertado: aumentar mi régimen de ejercicio a una hora, seis días a la semana, había merecido la pena.

Como de costumbre, una vez en el centro comercial, el dulce aroma de los deliciosos cinnabonnes flotó hacia mí. Respiré hondo y sin calorías, mientras imaginaba hincarle el diente a uno. Bastaría con un bocado. Pero no, me había esforzado demasiado por perder peso; hoy tendría que bastarme con inhalarlo.

Si alguna vez has seguido una dieta estricta, dejándote la piel para ponerte en forma y estar sano, sabrás exactamente de lo que estoy hablando.

Goddess Creator Fashion era el lugar al que me dirigía. Era mi tienda de ropa favorita, una zona de confort para mí. Un lugar de refugio durante algo más de cinco años. Por aquel entonces, era la única tienda que ofrecía ropa de moda para mujeres jóvenes de talla grande.

Para ser sincera, cuando era más grande -talla 20- odiaba ir a comprar ropa más que a nada. Bueno, después de ir al gimnasio o hacer ejercicio. Pero esta tienda hizo que comprar ropa volviera a ser una pasión. Antes de eso, era una desaliñada. Yo lo sabía y todos los que me rodeaban lo sabían, pero nadie me lo decía. Pero era algo que me decía a mí misma todos los días cuando me miraba al espejo. Era dura conmigo misma.

Entonces la Diosa Creadora de la Moda entró en mi vida. Encontré vaqueros azules de verdad. Camisetas para cubrirme el culo. Botines. Decir que redescubrí la moda no es en absoluto una subestimación. No sabía lo que me estaba perdiendo hasta que encontré Diosa. El lugar me devolvió la confianza en mí misma.

Admiré algunos conjuntos con accesorios expuestos en los modelos de maniquí de tallas grandes del escaparate. Había un bonito vestido negro que contrastaba con un pañuelo rojo brillante. No tendría muchas ocasiones de ponérmelo, ya que trabajaba en un locutorio y los únicos que me veían eran mis compañeros. Aun así, la fiesta de Navidad sería dentro de unos meses. Entonces sí que podría ponérmela. Tal vez dejaría a alguien boquiabierto; si no, al menos me impresionaría a mí misma.

Entré y cogí dos tallas, pues no estaba segura de cuál me quedaría bien hoy. Hacía meses que no me regalaba un conjunto. Siempre era mejor psicológicamente alcanzar un objetivo antes de probarme ropa nueva. Pero divago.

Una vez dentro del vestuario, me puse el vestido y sentí cómo el sedoso tejido interior rozaba mi piel desnuda. Me sentí bien, suave y cara. Me miré en el espejo de tres caras, girando a un lado y a otro para abarcar todos los ángulos, pero había algo que no me gustaba. No era el color, porque el negro quedaba elegante con mi piel pálida y mi largo pelo oscuro.

Salí fuera. Cogí un bonito pañuelo con bordados dorados en los bordes y me lo puse alrededor del cuello y los hombros. Ayudó un poco, pero seguía sin estar bien. Encontré el pañuelo rojo, el que había visto en el maniquí del escaparate, y probé con él. Aun así, aunque el vestido era fabuloso y el pañuelo también, no me sentía fabulosa. ¿Qué...?

Había algo que no me gustaba. Me recogí el pelo, pensando que podría ayudar, para mostrar un poco de escote, pero tampoco funcionó. ¿Quizá era demasiado elegante para mí?

Salí a la tienda y elegí algunas joyas en un último intento de arreglar lo que fuera que estuviera mal. Seguía sin funcionar, aunque me encantaba el vestido.

Me examiné en el espejo de cuerpo entero de pies a cabeza y me di cuenta de cuál era el problema. Aunque el vestido era de una talla más pequeña, ya no me quedaba bien. El estilo, la tela, la fluidez de la cosa eran para mujeres más grandes. Se me ocurrió un pensamiento aterrador: con este vestido seguía pareciendo gorda. Seguía sintiéndome gorda.

No tenía sentido. Me había dejado la piel literalmente y había bajado unas cuantas tallas, pero estaba lejos de ser delgada. Todo lo que había en mi armario era una prenda de la Diosa Creadora de la Moda. ¿Por qué esto? ¿Por qué ahora? Tendría que buscar una nueva tienda.

Necesitaba una segunda opinión, así que salí a la zona principal de la tienda y eché un vistazo. Había mucha gente y era difícil llamar la atención de alguien, pero al final se acercó una de las dependientas. Enseguida empezó a hablar maravillas de lo fabulosa que estaba. Dijo que el vestido era totalmente yo. El problema era que yo tampoco la creía. Ni siquiera cuando me pidió que diera una vuelta y la tela se agitó. Incluso cuando unos completos desconocidos, otros compradores, se acercaron y empezaron a hacerme cumplidos también con el vestido. Les di las gracias y volví a entrar para ponerme la ropa de calle. Seguía pensando que me quedaba fatal, pero en el fondo de mi mente me preguntaba: ¿y si veían algo en mí que yo no veía?

Me arreglé el pelo y me puse lápiz de labios, sin dejar de pensar en el vestido. Antes de adelgazar, recibir un cumplido era tan raro como recibir una rosa negra. Me puse los calcetines y los zapatos... La novia de Nicholas Cage quería una rosa negra antes de casarse con él, así que le regaló una. ¿Sabías que sólo crecen en Turquía? Sí. Así que, ya me entiendes, las rosas negras son raras como recibir cumplidos cuando tienes sobrepeso. Que te lleven una rosa negra al otro lado del mundo, ¡eso sí que es romántico!

Recogí mis cosas y me dirigí a la tienda. Cargué con el vestido y lo volví a colocar donde lo había encontrado.

Cuando estaba a punto de marcharme, alguien me agarró del brazo. Era la dependienta.

Volvió a sacar el vestido del expositor y dijo: "¡Es absolutamente tuyo!", y luego se dirigió hacia la caja registradora.

Sentí que mi tez se iluminaba como un árbol de Navidad. Siguió hablando con efusividad y la dejé mientras pensaba en cómo salir de aquella situación. Consideré la posibilidad de dar media vuelta y salir corriendo.

"Y es el último de la tienda", dijo mientras examinaba el vestido.

"No lo quiero", solté.

"Ya he empezado a devolverlo", dijo con un mohín mientras seguía doblándolo para que cupiera en la bolsa reciclable de la Diosa Creadora de la Moda.

"Lo siento, pero he cambiado de opinión", dije. En mi cabeza sonaba fuerte, pero no en la realidad. Cuando se acercó, dije casi gritando: "No lo quiero".

"¡Pero si es el último! Y ya lo he escaneado", dijo tan alto que juraría que todas las perchas de la tienda temblaron. Empezó a doblar el vestido. Lo metió en la bolsa. Me entregó la bolsa.

Me incliné más hacia ella, mientras los demás clientes empezaban a rodearme en previsión de una pelea.

Mi mano cogió la bolsa, antes de que mi cabeza pudiera detenerla. Me pregunté si alguien nos estaría grabando para colgarlo en YouTube. Hoy en día todo el mundo lo graba todo. Otros compradores se reunieron a nuestro alrededor como si fuéramos un espectáculo secundario en una feria.

"Cancélalo", dije. "Por favor".

Ella respiró agitadamente durante un segundo, como un globo a punto de estallar. Rezongó como si yo hubiera cometido un delito.

Coloqué el vestido sobre el mostrador y di un paso atrás, pisé los dedos de alguien y gritó. Mortificada, me volví con toda la intención de huir. En la salida me detuve de nuevo cuando una mujer me agarró del brazo.

Capítulo 2

ME AGARRÓ CON FUERZA, con sus garras rojas presionando mi piel. Ahora, ojo con ojo, aparté el brazo de ella. Nos quedamos cara a cara. Frente a frente. Nos evaluamos mutuamente.

Era alta y de tallas grandes, lo cual no me sorprendió, ya que se trataba de una tienda de tallas grandes. Llevaba un traje de negocios negro, con una americana cortada a medida. La americana le sentaba de maravilla y, combinada con la falda ajustada de rayas, acentuaba su figura. Completó su look con un toque de color: un pañuelo rojo alrededor del cuello. Su larga melena negra con flequillo sobre la frente enmarcaba muy bien su rostro. Estaba muy elegante, incluso parecía pija.

Nos reímos cuando me soltó el brazo.

"Lo siento", me dijo. "No he podido evitar oír tu conversación de hace un momento con el representante de ventas".

"¿Y qué? pregunté un poco a la defensiva; supuse que sería de la Policía de la Moda.

Como no contestó, me enfadé y me acerqué un paso a la puerta. Me siguió de cerca como una sombra. ¿Qué demonios? ¿Podían obligarme a comprar un vestido que no quería o no me gustaba sólo porque me lo había probado? Por supuesto que no. Esto era América y nadie podía obligarme a nada. ¿Verdad?

"Es que...". Se detuvo y miró a su alrededor. Como si le preocupara que alguien pudiera estar espiando.

Respiré hondo: "¿Sí?".

"Soy la propietaria de Goddess Creator Fashion y me gustaría invitarte a un café", dijo. Me sorprendió y no dije nada. "¿Puedo invitarte a un café?".

Todo aquello me pareció un poco sospechoso, así que seguí sin decir nada.

"Me gustaría charlar un poco", me dijo, "créeme que merecerá la pena".

"Probarse ropa es un trabajo que da sed", dije sonriendo. Eso le hizo gracia y soltó una carcajada contagiosa, casi un aullido. Me reí de su risa y salimos de la tienda.

Mi impresión original fue que probablemente era de la talla 12 o 14, pero ahora, por la forma en que se sacudía la chaqueta cuando se reía, supuse que tal vez el traje tenía el efecto adelgazante del que había oído hablar en YouTube. Esta chica, una modelo, hizo un vídeo sobre cómo se puede adelgazar eligiendo los tejidos y cortes adecuados. Esta mujer sabía cómo acentuar su figura.

Como no teníamos nada más que hacer y sentíamos curiosidad, salimos de la tienda. Una vez fuera, no pudo obligarme a comprar nada.

Salimos al centro comercial y bajamos por las escaleras mecánicas hasta una pequeña cafetería de la planta baja, cerca de la entrada. Aunque el local estaba lleno, el personal nos encontró enseguida una mesa.

El anfitrión nos llevó a dar una vuelta. Pasamos por los pasteles, tartas y pavlovas. Los cocineros se afanaban en hornear en la parte de atrás y el aroma delicioso llegaba hasta nosotros. Cuando llegamos a nuestra mesa, caí rendida en mi asiento, como si acabara de consumir cientos de calorías.

Nuestro camarero llegó en cuestión de segundos y la mujer pidió un Croissant de Chocolate ligeramente calentado y un Café Latte. Yo pedí un Skinny Cappuccino y esperamos unos instantes antes de que llegaran nuestras bebidas.

"Eres un desmadre", dijo mientras sorbía su bebida y luego ponía mala cara.

No se me ocurrió ninguna respuesta adecuada, así que la miré echarse uno, dos, tres, cuatro, cinco sobres de edulcorante en la bebida. El azúcar se asentaba en la parte superior como una montaña mientras ella doblaba cada paquete de papel en cuadraditos. Cuando la montaña de azúcar se hundió, removió el café y bebió un largo trago. Poco después llegó su cruasán y empezó a comerlo con cuchillo y tenedor. Se había calentado y el centro de chocolate rezumaba por todo el plato. Se lo comió rápidamente y luego utilizó el dedo para limpiar el chocolate que no había podido coger con el tenedor.

Di un sorbo a mi café mientras ella pedía otro café con leche, esta vez desnatado. "Tienes que saber cuándo parar", dijo sonriendo.

Asentí con la cabeza, inquieta. Mi teléfono sonó en el momento justo, metí la mano en el bolso y lo saqué. Era un mensaje de Facebook que decía que alguien estaba EN DIRECTO: Jamie Oliver. Esta vez no podía verlo. Apagué el volumen y volví a meterlo en el bolso.

"¿Has hecho alguna vez de modelo?", soltó.

Dejé caer mi Samsung al suelo y sus tripas se desparramaron. La miré directamente a los ojos para ver si hablaba en serio -parecía hablar en serio-, luego me agaché, volví a poner la batería y reinicié el teléfono. Respondí a su pregunta con una pregunta propia: "¿Me tomas el pelo?".

Dio otro sorbo a su café con leche. "No, no bromeo".

"Pero debes de estarlo. ¿O estás loca? Nota para mí mismo: así no se ganan amigos ni se influye en la gente.

"¿Por qué?", preguntó, seguido de "estás impresionante".

Recordé todas las veces que, de niña, fingí ser modelo. Sólo lo hacía a puerta cerrada, para que nadie lo supiera. Estaba regordeta desde que salí del vientre de mi madre. Tuvieron que ponerle puntos, oí esa historia una y otra vez. Solía robarle a mi madre los zapatos de tacón, los vestidos y los accesorios. Incluso me echaba un poco de su perfume y también me maquillaba. Luego creaba una pasarela de mentira en mi cama. Me paseaba arriba y abajo a lo largo de mi cama individual y mis tacones se tambaleaban de un lado a otro (igual que los de las modelos reales que veía en la televisión) debido a mi colchón hinchable. Incluso tenía una diadema de plástico que ponía Princesa y que me regalaron por mi cumpleaños. Por aquel entonces, era totalmente una modelo y una princesa, todo en uno.

El sonido de su cuchara al agitar la taza me devolvió a la realidad. "No, no lo he hecho -dije con lo que esperaba que pareciera convicción.

La mujer echó la cabeza hacia atrás y volvió a reírse muy alto mientras un camarero se acercaba a nosotros. "¿Queréis algo más?"

Nos negamos y nos trajo agua.

Se me ocurrió que aquella mujer, que ni siquiera se había presentado como era debido -y yo tampoco le había dado mi nombre-, estaba intentando cortejarme para que volviera y comprara el vestido. Tenía que ser por el vestido. "Sigo sin comprar ese vestido -dije bruscamente-, por mucho que me halagues".

Echó la cabeza hacia atrás y pensé que iba a soltar otra carcajada, pero esta vez no lo hizo. En lugar de eso, se inclinó más hacia mí, cambió su máscara por una profundamente seria y dijo: "Creo que te has comportado con mucha clase. No perdiste la calma y estoy de acuerdo contigo: el vestido no eras tú". Eso llamó mi atención. Me incliné hacia ti.

"En Goddess Creator Fashion no queremos que nuestras clientas vivan en el pasado. Queremos que mujeres como tú compren ropa que se adapte a sus necesidades actuales".

Tomó un sorbo de agua, tragó, se encogió y continuó: "Veo que has adelgazado últimamente. ¿Quizá bastante?".

Esbocé una sonrisa que le dijo todo lo que necesitaba saber sin tener que pronunciar una sola palabra.

"Así que ahora eres una mujer en transición. Quieres adelgazar más, y mientras adelgazas quieres vestirte bien, sentirte guapa y ese vestido te hacía sentir como la persona que eras antes, ¿verdad?".

Inesperadamente, alargué la mano por encima de la mesa y se la estreché. Me conocía y acabábamos de conocernos. Ahora me sentía tímida, como si pudiera leerme la mente, pero también cómoda de que me conociera. Me sentía bastante satisfecha de mí misma y quizá incluso un poco confiada.

"¿Puedo preguntarte por qué te lo probaste en primer lugar? ¿Por qué lo llevaste al mostrador o pensaste en comprarlo?".

Respondí inmediatamente, desde el corazón: "Intentaba mejorar mi aspecto exterior para sentirme mejor por dentro, pero tuvo el efecto contrario". Me pasé las manos por la cara para disimular el rubor.

"Ábrete", me dijo, "eres una chica guapa tanto si tienes la talla 20 como la 10. Ahora, ¿te plantearías hacer una prueba para ser modelo de la nueva línea de la Diosa Creadora de la Moda? ¿Te lo pensarás?". Me dio su tarjeta de visita y pagó la cuenta. Nos dimos la mano. "Llámame", me dijo, "pero no tardes mucho".

"Te llamaré", dije sabiendo perfectamente que no lo haría.

"Espero tener noticias tuyas en una semana. La pelota está en tu tejado, porque ni siquiera sé tu nombre y no tendré forma de ponerme en contacto contigo. Depende cien por cien de ti", dijo casi como si lo supiera.

Mientras se alejaba, "gracias por tu tiempo", le dije sonando como si fuera la dependienta de una tienda. Vaya. Sonó estúpido en cuanto lo dije.

Su cara cambió, como si la hubiera abofeteado, pero sólo durante un segundo. Luego esbozó una gran sonrisa y preguntó: "¿Cómo te llamas, amor?".

"Christina Langdon", respondí.

"Bueno, Christina Langdon, ha sido un placer conocerte y espero que sigas en contacto. Nos hemos conocido hoy por casualidad. Algunos lo llamarían destino. Depende de ti si quieres aprovechar la situación. Espero que no dejes escapar esta oportunidad. Sería una pérdida para la Diosa Creadora de la Moda. Adiós -sonrió, se dio la vuelta y se marchó.

Cuando se marchó, me quedé largo rato mirando al vacío. Cuando cerraron el Café, seguía allí fingiendo beber el mismo vaso de agua cuando me di cuenta de que debía poner a Brandon al corriente de mis noticias. Le envié un mensaje de texto: "¡La Diosa Creadora de Moda quiere que YO pruebe a ser modelo!

A lo que mi mejor amiga de toda la vida me contestó: "¿QUIÉN ES ESTO?"

Cuando lo leí, mi teléfono estaba sonando y era Brandon. "¡OMG!" dijo Brandon, "¡Mi propia mejor amiga va a ser modelo de Goddess Creator Fashion!".

Parecía incluso más emocionado que yo, y ésa era exactamente la razón por la que Brandon Daley era mi mejor amigo. Habíamos sido amigos incluso antes de nacer -nuestras madres eran mejores amigas- y salían sin cesar cuando nos llevaban en el vientre. No estábamos emparentados por la sangre, pero sí por la amistad y el amor, y era un vínculo irrompible.

"Tierra a Christina", dijo Brandon. "¡Yoo-hoo! BFF!"

Me había dejado llevar por mi imaginación, sin darme cuenta de que estaba esperando a que le contara todos los detalles. Todo había sucedido tan deprisa. Casi sonaba demasiado absurdo decirlo, hablar de ello en voz alta.

"Cuando termines de trabajar, te lo contaré todo".

"¡Claro, mantenme en vilo!", dijo, seguido de "¡Puta!" con una carcajada, y luego se desconectó.

Ah, el término cariñoso de esa palabra de cinco letras.

Sonreí y decidí ir al gimnasio. El ejercicio, sorprendentemente incluso para mí misma, se había convertido en algo parecido a una religión para mí. Cuando iba al gimnasio, podía resolver problemas y pensar las cosas con calma y racionalmente. Nada despejaba más la mente que un buen entrenamiento.

Capítulo 3

DE CAMINO HACIA ALLÍ, resistí la tentación ignorando los nueve locales de comida rápida que había por el camino. Llegar al gimnasio era un poco como tener que correr el guante. Ahora tenía aún más motivos para seguir adelgazando.

¿Tenían esos locales de comida rápida una estrategia para atrapar a la gente que iba o venía del gimnasio? ¿Los agentes inmobiliarios enviaban datos demográficos relacionados con el gimnasio? Es decir, nueve seguidos a dos manzanas del gimnasio parecían un plan maestro de marketing para atraer a los fácilmente tentables. Tenía sentido, en el sentido de una teoría de la conspiración, y si era cierto, era un sabotaje malvado.

Por eso, siempre llevaba una barrita de proteínas en la guantera y una pieza de fruta en el bolso. Definitivamente, esos bastardos magnates de la comida rápida no estaban saboteando a esta zorra.

Desde que empecé a hacer ejercicio con regularidad, siempre llevo una bolsa de deporte en el coche junto con una botella de agua. El mero hecho de saber que lo tenía todo a punto en cualquier momento me permitió perder los primeros veinticinco kilos. Aún me quedaban otros veinticinco, pero adelantarme a los antojos me facilitó el día a día. Era como una guerrera equipada para la batalla: organizada, concentrada y ganadora.

La primera vez que fui al gimnasio, tuve suerte. Me emparejaron con un entrenador físico que evaluaría mi nivel de forma física y elaboraría un plan, todo ello durante la sesión introductoria gratuita. Se llama Alex, es un par de años mayor que yo y está buenísimo. Alex me animó y me empujó de una forma suave y seductora. Rendirme no era una opción. Fue Alex quien me sugirió que tuviera siempre a mano una bolsa de deporte. Me apunté el mismo día y nunca he mirado atrás.

Ahora, como miembro de pleno derecho del club y con un carné de identidad con foto de buena fe, tenía ciertos privilegios.

Intenté no parecer engreído mientras pasaba por delante de la larga cola de novatos (socios potenciales o que pronto lo serían).

Pasé la tarjeta, di un paso adelante y mi rodilla golpeó la puerta, que no se había movido. Miré hacia atrás por encima del hombro cuando oí una exhalación de aire de uno de los novatos.

Volví a escanear mi tarjeta, rezando sin mover los labios. Una vez más, nada. Esta vez oí una carcajada grave procedente de la cola. La cosa seguía sin reconocerme. Tras intentarlo un par de veces más, no tuve más remedio que enfrentarme a la cola y ponerme al final de la fila, ya que sólo había un tipo de guardia.

Al final, sin embargo, con un poco de ayuda, el ordenador reconoció mi tarjeta y me dejó pasar. Me recompuse y salí a la pista dispuesta a sudar las tensiones diarias (y unos cuantos kilos) en un tiempo récord.

Una vez en el gimnasio, la primera parada para mí era siempre la cinta de correr. Me quedaba allí el mayor tiempo, así que era bueno quitármela de encima y además parecía darme energía.

Si no eres asiduo al gimnasio o no vas muy a menudo, es difícil acostumbrarse a los olores. Hoy, más que nunca, cuando salí a la pista me golpeó como un saludo. Sabrás a qué me refiero si tú también has ido alguna vez a un gimnasio; no voy a dar más explicaciones. Para los que no vayáis al gimnasio, es el olor penetrante del sudor, mezclado con olores corporales, desodorantes, colonias y perfumes. Algunas personas abusan de estos últimos con la esperanza de disimular los primeros.

Aunque había mucho sudor, era un momento agradable para estar allí, con pocos farsantes (gente que no tenía por qué estar allí, merodeando con cara de engreídos y fastidiando al resto de nosotros). El aire acondicionado soplaba como en un invierno canadiense y me hacía sudar escalofríos. Tenía que empezar a hacer ejercicio y cuanto antes mejor, para que mi nariz se cegara a los olores y entrara en calor. Empezaba a arrepentirme del consumo demasiado rápido de la barrita de proteínas del coche, porque no había ayudado mucho con mi bajo nivel de azúcar en sangre.

Ahora estaba en mi cinta de correr favorita (nunca utilizaba otras, ésta era mi cinta y si no estaba libre, cambiaba mi rutina de ejercicios). Puse mi botella de agua en la ranura, coloqué mi toalla en el lateral y dejé mi novela de bolsillo. Era una novela de vampiros, con muchas partes calientes. La distracción perfecta, así que no miré el tiempo ni las calorías quemadas ni nada de eso hasta que terminé.

Después de una experiencia horrible leyendo a Hemingway en la cinta de correr, intenté que mi material de lectura fuera ligero. Aquel día en concreto, cuando empecé a hacer ejercicio, había colocado Por quién doblan las campanas en el tablero de la cinta. Empecé a caminar a un ritmo constante en el nivel dos de diez.

La escritura de Hemingway siempre me ha hecho olvidar todo lo demás del mundo excepto su libro, y esta vez no fue diferente. Olvidé por completo que estaba caminando sobre una plataforma móvil y el resultado no fue bueno. Verás, mi libro estaba apoyado en el salpicadero de la cosa -¿ya sabes, el lugar con todos los botones de control? Así que, cuando pasaba las páginas sin darme cuenta, estaba tocando el botón de abajo, que aumentaba la velocidad de la cinta y cambiaba de nivel.

Subía lentamente, poco a poco. Iba bien, manteniendo el ritmo, hasta que llegó a 8,5. No sé muy bien qué pasó. Lo único que sé es que solté un grito espeluznante y todo el mundo se volvió para mirarme.

Nunca olvidaré la expresión de pánico que tenían en sus caras. Yo era todo un espectáculo con mi Hemingway apretado en una mano, mientras con la otra pulsaba desesperadamente el botón para frenar el maldito cacharro. Hiciera lo que hiciera, seguía acelerando.

Presa del pánico y la estupidez, una combinación realmente mala, pulsé el BOTÓN ROJO, sí, era el botón de Parada de Emergencia. Quienquiera que lo llamara así, acertó de pleno, porque me tambaleé violentamente hasta detenerme por completo. Después de eso prohibí a Hemingway que viniera al gimnasio conmigo. ¿No habrías hecho tú lo mismo? Hemingway, un firme creyente en el ejercicio, definitivamente me habría perdonado la prohibición.

Hoy todo ha ido sobre ruedas en la vieja cinta de correr. Los vampiros me distrajeron lo suficiente y, después de limpiar el equipo con una toalla, me dirigí a la máquina de remo.

En la máquina de remo era donde pensaba seriamente, ya que no podía leer y los audiolibros no eran lo mío. Me senté entre dos tipos fornidos y paternales.

Cuando empecé a aprender a usar la máquina de remo, sólo podía hacerlo durante cinco minutos como máximo, pero ahora podía remar durante veinte minutos seguidos y aumentar la velocidad a medida que avanzaba. Me até los pies. Puse el cronómetro en marcha. Tiré de las riendas y empecé a remar. Me imaginé remando en algún lugar exótico, como el Gran Canal de Venecia.

Hablando de ir, pronto se fueron; me refiero a los dos chicos que tenía a cada lado.

Podía remar sola en paz y pensar bien toda esta idea del modelaje. O eso creía.

Mientras me ponía a remar, imaginando el agua ante mí, recordé la primera vez que probé el aquaerobic. Entonces tenía mi talla más grande y meterme en un bañador no era una decisión que tomara a la ligera. Sin embargo, la mayor parte de mí estaría bajo el agua, oculta una vez que me metiera, así que acepté de mala gana intentarlo.

Al llegar a la piscina, me puse una bata multicolor flotante sobre el bañador de una pieza. Me senté en el borde, lo dejé caer y me zambullí. El agua era preciosa, sorprendentemente cálida, y con sólo la cabeza y los hombros a la vista, esperé pacientemente con las demás chicas a que llegara nuestro profesor.

Al mirar a la competición, me di cuenta de que era la única participante por debajo de los cincuenta y cinco años. Sí, era una virgen del aeróbic acuático. Pero no me preocupé. Vaya si me equivoqué.

Cuando llegó nuestro instructor, un hombre guapísimo con el pelo rubio al viento, bronceado de pies a cabeza y un físico como ningún otro hombre que hubiera visto en persona, las demás mujeres se arrullaron y me hicieron señas. Sentí que un rubor subía por mis mejillas ante su atrevimiento. Se llamaba Theo y se lo tomaba todo con calma. Estaba acostumbrado a ser el centro de atención.

Seguí remando, intentando que mis pensamientos volvieran a la oferta de modelaje, pero los recuerdos de Theo no me lo permitían.

De vuelta a la piscina de los recuerdos, nos pidió que fuéramos a coger un "fideo" de agua, es decir, uno de esos jobbies de espuma de polietileno que usan los niños. Theo nos dijo que montáramos en el fideo como si fuera un caballo. Al poco rato, me estaba riendo tanto que no conseguía hacer gran cosa. Algunas señoras me miraron y pusieron los ojos en blanco, lo que me hizo reír aún más. De hecho, tanto que destaqué lo suficiente como para atraer la atención de Theo, que me guiñó un ojo. Me desmayé y traté de recomponerme.

Entregamos los fideos y cogimos unas pesas de agua. Era increíble lo ligeras que eran bajo el agua. Las otras mujeres levantaban el doble de peso que yo y hacían las elevaciones más rápido y con más facilidad. Unas fanfarronas. Me esforcé por mantener el ritmo, mientras el sol nos golpeaba y esperaba que Theo diera la hora pronto.

Después, fue como la elección de un equipo deportivo de instituto, en la que yo era la última elegida. Hicimos una carrera de relevos y ganó nuestro equipo. El premio para el equipo ganador, un polo sin azúcar. El premio para el subcampeón también un polo sin azúcar. Como ganadores, teníamos derecho a elegir el sabor.

Al día siguiente, estaba tan dolorida que no podía ni levantarme de la cama. Me dolía todo, hasta el pelo. Fue entonces cuando decidí cambiar mi rutina al interior y descubrí que me encantaba remar.

Necesitaba centrarme en la Diosa Creadora de la Moda. Theo, me pregunto qué habrá sido de él. Diosa ráfaga, céntrate Christina. ¿Lo haré o no lo haré?

Uno de los chicos que remaba a mi lado terminó y se marchó. Fue en ese momento cuando Vanessa Pringle hizo su gran entrada. Era una talla 0 y, aunque ella y yo habíamos ido juntas al mismo instituto durante cuatro años, juraría que nunca la había visto probar bocado alguno. Resultaba irónico que tuviera el mismo nombre que mis patatas fritas favoritas. Incluso cuando estaba en la cafetería, nunca pedía nada aparte de agua embotellada. La ponía en una bandeja y luego intimidaba a los niños más pesados sobre lo que llevaban en la suya. La odiaba y me daba pena al mismo tiempo. Estaba convencida de que era anoréxica. Debía de tener una vida bastante lamentable para hacer sentir tan mal a los demás.

Se acercó a la máquina de remo y miró en mi dirección, viéndome remar a buen ritmo. Hizo como si fuera a remar a mi lado. En el fondo de mi corazón, sabía que podría patearle el culo en esta cosa si me dejara. Miré en su dirección, siempre complaciendo a la gente. Incluso intenté saludarla.

Nuestras miradas se cruzaron brevemente y luego me ignoró por completo y siguió su alegre camino en dirección a los farsantes. Encajaba perfectamente allí, delante del espejo con los demás, a los que les gustaba admirarse mientras hacían flexiones y se acicalaban durante el ejercicio.

Cuando se fue, quise pensar en la oferta de modelo. Ahora sí que tenía que concentrarme.

Avanzaba a buen ritmo, mientras los chicos que estaban a mi lado iban y venían. Dos tipos más se sentaron a cada lado de mí. Tipos paternales. El de mi izquierda tenía unos sesenta años (más o menos) y el de mi derecha, unos cuarenta (quizá treinta y tantos). Ambos empezaron despacio, pero enseguida cogieron un ritmo constante.

Empecé a contar. Siempre me ha ayudado a concentrarme desde que era pequeña. A medida que contaba, empecé a aumentar la velocidad y pronto, remaba tan rápido que los chicos que tenía a cada lado tenían problemas para seguirme.

Intenté no regodearme, al tiempo que trataba de encontrar una sola razón definitiva por la que debiera rechazar la oferta de la Diosa Creadora de la Moda para ser modelo.

Al principio, mi mente se quedó en blanco. No había ninguna razón para rechazar la oferta. Sin embargo, tenía algunas dudas sobre mi falta de experiencia. Estaba segura de que tendrían un campamento de entrenamiento o algún tipo de formación. La directora general sabía que no tenía experiencia como modelo y aun así me había hecho la oferta.

Lo otro, lo que más me frenaba, era simple y llanamente el miedo. ¿Era demasiado cobarde, demasiado miedosa para exponerme? ¿Podría, podría ser una inspiración, o sólo sería un blanco para otras zorras como Vanessa?

Mientras examinaba estos sentimientos de inadecuación y miedo, me di cuenta. Ya que buscaban una modelo de tallas grandes para su nueva línea, ¿por qué iba a ser otra? ¿Por qué no podía ser yo? Quien no arriesga, no gana, ¿verdad?

Es curioso cómo los tópicos siempre resultan útiles cuando uno intenta convencerse de hacer o no hacer algo.

Los dos chicos habían dejado sus máquinas sin que me diera cuenta hasta que sonó el temporizador de la mía. Me detuve, me desenganché y miré a mi alrededor mientras recuperaba el aliento. Tomé un sorbo de agua.

A estas alturas, estaba segura al ochenta por ciento de que me presentaría al trabajo de modelo. Recogí mis cosas y me acerqué a la colchoneta para hacer algunos estiramientos. Levanté algunas pesas ayudándome de la pelota de ejercicios y luego me dirigí a la bicicleta estática.

Vanessa se acercó a la zona de bicis desde el otro lado y esperó a que eligiera una bici, luego se sentó a mi lado.

Me ocupé de ponerlo todo en marcha. Empecé a ponerme los auriculares cuando Vanessa dijo algo. "Perdona. No te he oído".

"Vaya -dijo ella-, esto es muy embarazoso. No estaba hablando contigo. No quisiera distraerte de perder todo eso" -señaló y pinchó la circunferencia de mi cintura. ¿Quién se creía que era, el chico de la masa de Pillsbury?

Le aparté la mano, me puse los auriculares y volví a pedalear y a leer. Era una maleducada, pero no iba a rebajarme a su nivel. Al cabo de unos segundos, una pandilla de chicas se abalanzó sobre la zona, donde decidieron mantener una conversación estridente.

Por mucho que subí el volumen de la música -y recibí advertencias de volumen-, su jocosidad ahogó las melodías.

"Y entonces él dijo..."

"Y entonces ella dijo..."

"Y entonces..."

Al unísono: "¡Ohhhhhh!".

Miré a mi alrededor, para ver si alguno de los entrenadores se daba cuenta de la carcajada. Normalmente, ya habrían intervenido y habrían mandado a la pandilla a volar. Hoy no ha habido suerte.

Esperaba que, si los ignoraba, desaparecerían, pero quince minutos después seguían haciendo tanto ruido como antes. Apagué la moto y decidí volver a casa.

"No te vayas enfadada", me dijo Vanessa, "¡simplemente VETE!".

Qué original, pensé mientras avanzaba por el piso luchando contra el impulso de tirarle los trastos a la cabeza. Estaba a punto de entrar en el vestuario cuando vi llegar a Alex, mi entrenador personal.

"¿Va todo bien, Christina?", me preguntó mientras me tocaba el antebrazo.

El rebaño de Vanessa dejó de hablar, con los ojos clavados en Alex y en mí. "Sí, estoy bien", dije, mientras esbozaba una gran sonrisa, "pero me pregunto si podría hablar contigo un momento en privado". Lo de "en privado" lo dije más alto de lo normal, y comprobé que me habían oído.

"Claro, pasa a mi despacho y siéntate".

Entramos y cerró la puerta. Se sentó en su escritorio, puso las manos detrás de la cabeza y se echó hacia atrás. "¿Qué puedo hacer por ti?

Su estómago, sus músculos abdominales planos, sus brazos firmes. Para ser sincera, no podía responder a su pregunta. Me sudaban las palmas de las manos. Sobre todo cuando me lo imaginé trepando por encima del escritorio y plantándome el beso más apasionado en los labios. Tragué aire y sentí que mis mejillas se calentaban muchísimo. Tan calientes que él se dio cuenta y me ofreció un vaso de agua.

Respiré hondo y le conté lo de la oferta de modelo.

Se levantó de un salto y cerré los ojos esperando un beso. Me sentí tan tonta cuando los abrí y él estaba de pie mirándome. Fue incómodo, pero me rodeó con los brazos. Olía bien.

Cuando rompimos el abrazo, sonrió. "De todos mis aprendices, tú eres el que más ha trabajado. Has dedicado mucho tiempo. Incluso cuando querías rendirte, no lo hiciste. Estoy orgulloso de ti. Creo que todo lo que has hecho hasta ahora te estaba preparando para esta oferta".

Me sentí totalmente aturdida, como si fuera a llorar. "Gracias".

Salí de su despacho tambaleándome como un charco de gelatina. Además de Alex, lo que se me antojaba era gelatina roja, gelatina roja de fresa con un gran montón de nata montada por encima. Menos mal que llevaba una manzana en el bolso, y babeé todo el camino de vuelta a casa pensando en los abdominales de Alex.

Capítulo 4

ANTES DE QUE LO averigües por ti mismo, debo confesarlo. Tengo veintidós años y sigo viviendo en casa con mi madre y mi hermano mayor.

Cuando llegué a casa, mamá estaba preparando su festín habitual. Me acerqué a darle un fuerte abrazo y a mirar en la olla para ver qué se cocinaba. Mamá era y es una excelente cocinera, y como familia habíamos estado intentando trabajar juntos y comer más sano. Comemos muchas verduras, algo de proteínas y siempre tomamos algo de fruta de postre. Pero no siempre fue así. Antes éramos facilitadores. Solíamos comer mucho por estrés. Desde que empezamos a trabajar juntos en familia, hemos podido mantenernos en el buen camino y, además, nos habíamos vuelto más unidos.

"¿Qué tal el día?", me preguntó mientras removía la salsa de los espaguetis.

Le di un beso en la mejilla y le conté mi entrenamiento. Ya había adivinado dónde había estado, porque tenía el maquillaje corrido y el pelo algo más que húmedo. "¿Te has comprado un vestido nuevo?", me preguntó. "Ve a buscarlo y modélalo para mí".

Mamá siempre era así. Era como si tuviera un sexto sentido para cualquier noticia relacionada con mi hermano o conmigo. Sonreí e intenté no regodearme, pero no pude evitarlo.

"Pareces el gato que se tragó a Piolín. ¿Qué pasa?"

Como no respondí enseguida, se acercó a mí y me apretó los labios contra la frente como había hecho un trillón de veces desde que era una niña con fiebre. No necesitábamos termómetro en casa, porque sus labios lo decían con una precisión del cien por cien.

"El plan era comprarme un vestido, mamá, pero hoy no ha salido bien".

La salsa de los espaguetis burbujeaba furiosamente en el fondo porque ella la había descuidado. La salsa la escupió al removerla rápidamente.

"Siempre hay un mañana", le dijo. "Entonces podrás encontrar algo. ¿Adónde has ido, a la Diosa Creadora de la Moda? Allí siempre encuentras algo que te gusta".

"Allí fui yo, me probé un vestido. Era bonito y todo eso, pero había algo que no me gustaba. Aunque había adelgazado, me hacía parecer gorda".

Mamá siguió removiendo la olla, pensando detenidamente antes de contestar: "Tu cuerpo ha cambiado, pero tu mente aún no se ha puesto al día, ¿es eso?".

Mamá siempre me asombraba con su perspicacia. Como muchas otras veces, había dado en el clavo. Tal vez tuviera esa percepción extrasensorial de mamá. Ósmosis o algo parecido. Entonces se me ocurrió: si no se lo decía y superrápido, podría llegar a adivinar lo del modelaje. De ninguna manera, era demasiado inverosímil. Y, sin embargo, me había pedido que modelara el vestido. ¿Tenía un presentimiento o era sólo una coincidencia?

Continuó: "Llevo sesenta años en este planeta y, como sabes, he subido y bajado de peso como un Yo-Yo".

Mamá fue a la nevera y cogió un manojo de espinacas, las lavó bajo el grifo, centrifugó las hojas en la centrifugadora de ensaladas y luego las echó en la salsa.

Mamá era una diosa de la talla grande y me educó para que yo también lo fuera. Mientras la veía moverse por la cocina, ocupándose de lo que más le gustaba -cocinar-, irradiaba su belleza.

Recordé las veces que me acosaron en el colegio por mi sobrepeso y mamá me contó que a ella también la habían acosado cuando era adolescente. La gente podía ser tan desagradable, tan cruel. Si me presentaba como modelo de tallas grandes, ¿qué le iba a hacer a ella, a nuestras vidas? ¿Sería como decirle a todo el mundo que estábamos orgullosos de tener sobrepeso? Avergonzar a los gordos era el pasatiempo favorito de la nación.

Mamá se acercó a mí y me dio un fuerte abrazo mientras yo estaba sumida en mis pensamientos. Nos sentamos juntas, compartimos dos Fig Newtons y una taza de café.

Contenta ahora, quería decírselo, pero aún me resultaba extraño pronunciar las palabras en voz alta.

"Mamá, el director general de Goddess Creator Fashion me ha pedido que haga una prueba para ser una de sus modelos".

Capítulo 5

NO SÉ SI ATURDIDA es la palabra adecuada para explicar la expresión de la cara de mi madre, pero aturdida es sin duda lo que estaba. De hecho, por primera vez en toda mi vida, mi madre se quedó muda.

"Mamá, ¿estás bien?

Su silencio era descorazonador. Casi podía ver las ruedas girando en su mente. ¿Le salía humo de las orejas?

Soltó una risita, la ahogó y volvió a reírse. Se acercó a la salsa, revolviéndola enérgicamente mientras chasqueaba, estallaba y escupía una mancha sobre su delantal.

"No estoy de broma, mamá", le toqué la mano para que dejara de remover y la miré directamente a los ojos. "No bromeo. De verdad".

Me abrazó como un huracán olvidando que tenía la cuchara en las manos y tiró salsa por todas las paredes y el techo de la cocina y por mí. Ahora que había asimilado mi noticia, estaba muy emocionada y, sin embargo, seguía sin poder hablar.

Su silencio era muy extraño. Mamá rara vez estaba callada, no cuando sus hijos tenían noticias que compartir, sobre todo noticias felices como ésta. Me afectó, porque me devolvió todos los sentimientos de duda que tanto me había costado superar y apartar de mi mente en el gimnasio.

Intenté considerar las cosas desde su perspectiva. ¿Le preocupaba que la mujer estuviera jugando conmigo? ¿Me estaba tomando el pelo? Ya había sido crédula antes, pero no en algo tan importante como esto. Me habían maltratado. Acosada, porque era ingenua y creía que la gente era amiga cuando no lo era. Quizá pensó que no podía hacerlo.

Si ella no creía que pudiera hacerlo, entonces tenía que encontrar la fuerza en mi interior. Esto lo sabía, pero aun así, quería correr, cerrar la puerta y no salir nunca. Tengo una fuerte tendencia al dramatismo excesivo, pido disculpas por adelantado.

Me dejé caer con fuerza en una silla de la cocina, me metí otro Fig Newton en la boca y esperé a que mi madre me dijera lo que pensaba. El paquete de galletas estaba medio lleno, ¿o medio vacío? Podía esperarla con estas distracciones.

Capítulo 6

E SPERÉ, ESPERÉ Y LUEGO me comí otro Fig Newton.

Mamá cogió el paquete, lo cerró y se acercó al tarro de las galletas. Quitó la tapa.

Saqué la tarjeta de visita del director general del bolso y la puse sobre la mesa a mi lado. Crucé la habitación y puse la tarjeta en la mesa junto a donde mamá estaba cerrando el tarro de galletas.

Volví a sentarme. La vi coger la tarjeta de visita. La miró un segundo y luego volvió a la salsa.

"¿Mamá?"

"¿Qué te dijo exactamente esa mujer?"

"Me preguntó si alguna vez había pensado en ser modelo".

"¿Y lo has hecho? Quiero decir si lo has pensado alguna vez".

Sentí que la cara se me ponía roja. Mamá no sabía nada de mi pasarela en la cama, de que llevara sus tacones altos y sus joyas.

"Lo he pensado", admití, "pero fue hace mucho tiempo, cuando era pequeña".

"Todas las niñas pequeñas juegan a disfrazarse", ofreció mamá.

"Pero no a todas las invitan a hacer una prueba para ser modelo de la Diosa Creadora de la Moda, ¿verdad? Y no cualquiera. El Propietario y Director General de la empresa me invitó a MÍ. Personalmente. Vio algo en mí".

Decir esas palabras en voz alta me hizo sentir a la defensiva y enfadada.

De repente, estaba más que segura al cien por cien de que la oferta era para mí.

Capítulo 7

ME DI CUENTA DE que mamá quería pensar en lo que le había dicho. Fingiendo que tenía un mensaje urgente, salí de la cocina.

Una vez sentada, introduje los datos de la señora Sharon Lindt en mi teléfono. Me enfadé mucho por la extraña reacción de mamá. Primero me abrazó y parecía tan emocionada que tiró salsa por la habitación y luego se puso como una zombi. Para fastidiarla, estuve a punto de llamar a la Sra. Lindt y acepté su oferta sin demora.

Mientras esperaba a que mamá volviera en sí, por alguna razón no dejaba de pensar en mi padre. No le habíamos visto desde que yo era pequeña. Mamá nunca hablaba de él y nunca sabíamos qué le había pasado. Un día estaba aquí y al siguiente, se había ido. Pensé en todas las veces que se sentaba en el suelo conmigo y jugábamos a las casitas de muñecas. Se nos ocurrían todo tipo de ideas fantásticas para que Barbie y Ken estuvieran activos en el mundo. Viajamos a Londres, París, Roma e incluso a Sydney, Australia. Cuando se fue por primera vez, le eché mucho de menos, pero ahora, después de que nos dejara sin decirnos una palabra, ni siquiera un simple adiós, bueno, apenas le echaba de menos.

Mamá entró en el salón, limpiándose las manos en el delantal. Me di cuenta de que hacía mucho tiempo que no la miraba de verdad. Quiero decir que la miraba de verdad. Aquí estaba yo, contándole lo fantástico que estaba ocurriendo en mi vida, ¿y qué le esperaba a ella? Desde que papá se fue, su vida se convirtió al cien por cien en cuidarnos a mi hermano y a mí.

Mamá nunca se daba un capricho ni se compraba nada bonito, aunque nos animaba a hacerlo. Llevaba casi quince años con mi padre cuando él se fue. ¿Pensaba en él? ¿Le echaba de menos? ¿Se sentía sola? Mamá me dijo que apoyaría al cien por cien lo que yo quisiera hacer con mi vida siempre que estuviera segura de que era lo que quería. Continuó: "El modelaje es un negocio de perros que se comen a los perros y, para conseguirlo, tendrás que dejarte la piel. Aunque te pidieran que modelaras para la Diosa Creadora de la Moda, eso no significa que sea la elección profesional adecuada para ti".

"Es un riesgo, pero uno que merece la pena correr. ¿Qué es lo peor que puede pasar? ¿Que me caiga de bruces con esos tacones?". Los dos nos reímos al pensar en mí desparramándome por la pasarela. "Bueno, no sería la primera ni la última; creo que merece la pena probar el mundo del modelaje. Odio mi trabajo en el locutorio. Quiero más para mí, ¿no crees que merezco una oportunidad en algo diferente? ¿Algo mejor?"

"Tú serás tu mayor obstáculo y crítica, Christina. Claro que habrá otros críticos en el mundo, pero tienes que recordar que, digan lo que digan, sólo tienes que complacerte a ti misma. No tienes que estar a la altura de sus expectativas".

Tenía razón, si dejaba que me iluminaran, tenía que ser lo bastante fuerte para aceptar y desviar lo que dijeran de mí. La fuerza interior sería la clave. Sin ella, estaría a la deriva en el mundo de las modelos delgaduchas, intentando encajar. "Quiero marcar la diferencia, para todas las chicas de ahí fuera como tú y como yo que nunca tuvieron una oportunidad. Quiero mostrarles que la belleza viene en todas las formas y tamaños".

"Creo que lo has conseguido. Ahora, ¿por qué no le das un anillo a esa señora y luego nos sentamos a cenar?".

"Puede que me lo piense con la almohada", dije.

Mamá me miró con preocupación y luego accedió. Volvió a la cocina y pude oírla fuera, lavándose y manteniéndose ocupada. Sabía que intentaba enviarme vibraciones para que hiciera la llamada ahora, antes de que cambiara de opinión, pero los "y si..." habían empezado a filtrarse.

Vi que madre volvía a mirarme, justo cuando mi teléfono empezó a zumbar.

El identificador de llamadas reveló que era Sharon Lindt, Diosa Creadora de Moda.

"¡Allá vamos!"

Capítulo 8

RECONOCIÓ MI VOZ ENSEGUIDA. Charlamos brevemente. La Sra. Lindt me dijo que había encontrado mis datos de contacto en Internet. "Me preguntaba si tendrías alguna pregunta que hacerme ahora que has tenido la oportunidad de reflexionar un poco. Espero que hayas considerado seriamente mi oferta".

"Sí, Sra. Lindt, es en lo único que he estado pensando. Me interesa saber más sobre tu propuesta. ¿Qué tendría que hacer exactamente? Como te he dicho antes, no tengo experiencia como modelo".

Sonaba complacida, realmente complacida. "Lo primero es lo primero, llámame Sharon. No hace falta experiencia. A la candidata adecuada la formaremos. Además, olvidé hablarte del incentivo, por hacer la prueba. Por eso he pensado en llamarte esta tarde, para que tengas todos los detalles y puedas tomar una decisión con conocimiento de causa."

"¿Un incentivo por probar?" sonreí. Mamá se acercó para escuchar el teléfono conmigo. En lugar de eso, puse a la Sra. Lindt en el altavoz para que mamá también pudiera oír todo lo que se decía en directo.

"Sí. Además del entrenamiento, la ganadora recibirá un viaje con todos los gastos pagados al Desfile de la Diosa Creadora en París. Hemos estado preparando el terreno; va a ser una oportunidad increíble para que participe una joven. Una vez que se una al Equipo de Moda de la Diosa Creadora, el cielo será el límite".

No pude contenerme, como una niña pequeña solté un chillido. Y mamá también. Casi me caigo de la silla. No tenía ni idea de que en París hubiera desfiles de moda para mujeres de talla grande, pero ¿por qué no iba a haberlos?

Sharon debió de percibirlo en mi voz, porque continuó: "Nos están llamando mucho la atención para el desfile. Si te eligen, nos encantaría que formaras parte de él. No es fácil, pero elijamos a quien elijamos, la Diosa Creadora de la Moda le apoyará al cien por cien".

"Sería un sueño hecho realidad, ir a París", arrullé mientras mi mente divagaba en pensamientos sobre subir a la Torre Eiffel y pavonearse por una pasarela. De comer pasteles franceses, beber champán del bueno, visitar el Louvre, la tumba de Jim Morrison y bailar por los Campos Elíseos.

"¿Sigues ahí?" preguntó Sharon.

"Sí, estoy un poco estrellado. No tengo pasaporte y no hablo francés con fluidez".

Sharon se rió. "No pasa nada. Tendrás tiempo de arreglarlo todo, después del Campamento de Entrenamiento, si te eligen. Tenemos gente a bordo que puede ayudarte si es necesario. No te preocupes por los detalles. Preocúpate sólo de decir que sí y de ganar".

Las palabras Boot Camp resonaron en mi cabeza. Me imaginé cómo sería. Una sala repleta de chicas con la figura completa, maquilladas hasta los topes, metiéndose en ropa elegante y luchando con sus tacones altos por el premio, un viaje a París único en la vida con todos los gastos pagados. Yo lo deseaba. Quería ganar.

"Una cosa más. Si ganas, puedes llevarte a un familiar a París para que vea tu debut en el défilés de mode -traducido que significa Desfile de Moda".

Mamá soltó un grito que estoy segura que se oyó hasta Francia.

"Sí", dijimos los dos juntos al teléfono.

"Te pondré en contacto con algunos de mis empleados. Te informarán de los detalles del Campo de Entrenamiento. Te dará la oportunidad de acostumbrarte a la idea, de ir metiendo el pie en el agua poco a poco en vez de sumergirlo entero de golpe".

"Eso suena absolutamente maravilloso", dije. Estaba tan emocionada que apenas podía hablar correctamente, y me aferraba al teléfono con fuerza.

"Una cosa más -dijo Sharon-: Casser une jambe. Significa romper una pierna en francés y lo digo en serio. Estoy contigo, Christina Langdon. Mucha suerte".

Mamá y yo casi nos caemos de la emoción.

"¡Oui! Oui!", cantamos al teléfono.

Capítulo 9

¡Hoy es el día del campamento de entrenamiento! Aquí estoy, rebuscando en mi armario, armando un lío tremendo y todavía sin nada que ponerme.

"Toc, toc", dijo Brandon, y como siempre, entró antes de que tuviera tiempo de decírselo.

"OMFG Christina, tienes que, ya sabes, ponerte algo de una puta vez para que pueda llevarte al campamento de entrenamiento, no querrás llegar tarde".

Se acercó a la cama, cogió unos pantalones negros con rayas de cuero en el exterior y una blusa abotonada. "Necesitarás un sujetador negro para esto", me reprendió, y me fui a cambiar. Brandon tenía un sentido de la moda maravilloso, sobre todo para las mujeres. Me preguntaba si algún día llegaría a ser un famoso diseñador de moda, pero no, estaba encantado de trabajar conmigo y con los demás en el locutorio todos los días.

Me arreglé y no tardé en vestirme y estar lista para salir, estaba tan emocionada que me temblaban las manos cuando dijo con un tono de voz tres molesto: "Eh, ¿maquillaje?".

"¿Qué haría yo sin ti?" pregunté mientras me sentaba frente al espejo y empezaba a aplicármelo. "No demasiado", reprendió Brandon.

Mientras tanto, se sentó detrás de mí, me cepilló el pelo y luego me lo recogió. "Así podrán apreciar tu cuello de cisne". Solté una risita.

Me puse unas bailarinas y bajamos las escaleras, donde me esperaba mamá, sonriendo como una madre que envía a su hija al baile de graduación.

Mamá exclamó: "¡Qué guapa estás! No solía hacerlo a menudo, y eso me hizo sentir aún más emocionada mientras sacaba unas cuantas fotos y prometía no publicarlas en las redes sociales sin mi aprobación o la de Brandon. Al salir, la abracé y me di cuenta de que estaba luchando contra las lágrimas.

Me temblaban las rodillas mientras nos dirigíamos al coche de Brandon. Para calmar los nervios, nos detuvimos a tomar un café con leche en el autoservicio. Aunque íbamos un poco retrasados, sabíamos que siempre había tiempo para un café.

"Tengo unas mariposas locas en el estómago", admití.

"¡Dios mío! ¡Yo también tengo mariposas de empatía! exclamó Brandon.

Nos reímos como locos. Hasta que sonó en la radio una de nuestras canciones favoritas, de The Doors. Brandon la puso a todo volumen y cantamos a pleno pulmón. Antes de que nos diéramos cuenta, llegamos al aparcamiento donde pronto tendría lugar el Campamento de Entrenamiento.

Brandon salió primero del coche. Yo no podía moverme. Se acercó, me abrió la puerta y me dijo: "Tienes a esta zorra".

Me reí, me alisé la parte delantera del traje y salí. Juntos nos dirigimos a la entrada.

El edificio era gris con adornos plateados en el exterior, pero tenía muchas ventanas. Parecía una antigua fábrica, en el buen sentido. Atravesamos las puertas giratorias cogidos de la mano. Brandon siempre estaba ahí para darme apoyo moral: era mi roca.

La entrada era grandiosa, con muchos adornos dorados en los bordes de las escaleras mecánicas y lámparas de cristal de todas las formas y tamaños colgando del techo. Nos quedamos boquiabiertos mientras nos dirigíamos al mostrador de seguridad.

"¿Christina?", preguntó el hombre de uniforme.

"Sí, soy yo". ¿WTF? ¿De dónde había salido eso? ¿Es pretencioso o qué?

Brandon se rió y me empujó hacia delante.

No lo hacía a propósito, todo se debía a los nervios. "¿Cómo sabías mi nombre?"

"Da la vuelta y echa un vistazo", me dijo Travis Whiting (el guardia de seguridad). Cuando atravesé la puerta, vi una foto mía en el ordenador. Era una sacada de mi perfil de Facebook o de algún lugar de la red. No era la foto más halagadora, pero al menos me reconocía.

"Guay", dije, pero entonces levanté la vista y me di cuenta de que Brandon estaba de pie al otro lado del estilo del giro. "Está conmigo", dije.

"Lo siento, no se permite pasar a nadie más allá de este punto sin una entrada previamente aprobada o un pase de seguridad", dijo Travis.

Brandon parecía muy abatido, pero comprendió que estaba fuera de mi control "Iré a rondar por el barrio a ver qué pasa. Mándame un mensaje cuando me necesites y volveré a recogerte. ¡Pásalo muy bien en el campamento de entrenamiento! Que se mueran".

Le soplé un beso y vi cómo daba la vuelta a las puertas giratorias saludando, una, dos y tres veces. Me sopló un beso y pronunció las palabras: "Tres veces afortunado".

Le devolví el beso.

Travis me dio indicaciones para llegar al Campo de Entrenamiento. Respiré hondo, comprobé mi maquillaje en un espejo que había por el camino y me puse en marcha.

Capítulo 10

AL FINAL DEL LARGO pasillo, lleno de fotos de hermosas mujeres de todas las formas y tamaños, había dos grandes puertas sin ventanas. Señalo lo de sin ventanas porque desde fuera este lugar tenía muchas ventanas. Pero estábamos en la parte de atrás, en el corazón del edificio. Eso significaba que no podía mirar dentro de la sala del Campamento de Entrenamiento de antemano para reconocer el lugar, como tampoco podía hacerlo nadie más.

Emocionada, pasé junto a las demás chicas. Me miraron fijamente. Un par asintieron. Tiré de la manilla para entrar y acomodarme y no pasó nada. Probé al otro lado de la entrada de doble puerta y tampoco ocurrió nada.

"Eh", dijo una chica justo detrás de mí, "tenemos que esperar aquí hasta que nos dejen entrar".

"Oh, gracias". Me paseé un poco mientras cantaba en mi cabeza alguna letra de Tom Petty sobre la espera.

"¿Es tu primera vez?", preguntó la misma chica.

Asentí con la cabeza justo cuando las campanas empezaron a sonar con bastante fuerza. Al principio eran toques lentos, luego sonaron más rápido y más fuerte. Todas las chicas se pusieron en pie y avanzaron, intentando pivotar para coger un buen sitio. Mágicamente, las puertas se abrieron y nos lanzamos hacia delante. Me sentí como Dorothy entrando en el País de Oz.

Al principio nos mantuvimos juntas en la entrada, luego, como un grupo, empujamos hacia dentro y pronto llegamos al centro de la sala por un momento y miré a mi alrededor. Había filas de asientos de madera excepcionalmente largas a la izquierda y las mismas filas de asientos largas a la derecha. La idea de sentarme estaba en el primer plano de mi mente. Estaba muy nerviosa. La emoción y la expectación llenaron el aire de electricidad mientras esperábamos.

Por el altavoz, una voz de mujer anunció: "Bienvenidos a los candidatos a la Moda Diosa Creadora. Por favor, formad en fila india empezando de la más alta a la más baja. Gracias".

Hicimos lo que nos pedía; yo estaba a mitad de la fila.

"Empezando por la más alta, tomad asiento a la izquierda en uno de los asientos. Una vez ocupadas todas las plazas, el resto de los candidatos pueden sentarse en los bancos de la derecha. Por favor, permaneced sentados y podéis hablar tranquilamente entre vosotros durante unos momentos. Las voces altas y/o el comportamiento agresivo supondrán la expulsión y/o la prohibición de por vida de las candidatas colaboradoras. En Goddess Creator Fashion os agradecemos que hayáis venido y os deseamos mucha suerte".

Ya sentadas, nos mirábamos a través de la sala. Evaluándonos mutuamente. Pasara lo que pasara, todos estábamos juntos en una competición. Luchando por el derecho a ganarnos un puesto. Las mujeres que había allí eran todas excepcionalmente bellas, algunas notablemente jóvenes y otras más o menos de la misma edad que yo. Unas pocas eran mayores, tenían más experiencia y su sentido de la moda gritaba "elígeme". Es cierto que teníamos algo en común: todas éramos de talla grande, pero algunas estaban en la cúspide por tener la altura a su favor.

Estaba pensando dónde encajaba y qué posibilidades tenía cuando una chica alta del otro lado captó mi atención. Era una auténtica maravilla y rezumaba confianza. Sonrió y me dijo "buena suerte", y yo le devolví el gesto. Fue muy amable por su parte, tal vez este concierto no iba a ser tan "perro come perro", después de todo.

La chica que estaba sentada a mi lado temblaba como una hoja cuando preguntó: "¿Es tu primera vez? Soy Lilith, ¿y tú eres?".

"Encantada de conocerte Lilith, soy Christina y sí, es mi primera vez. Estoy muy nerviosa".

"Encantada de conocerte, yo también estoy nerviosa. Esto es bastante intimidante, me refiero a cuando se abren esas grandes puertas por primera vez, pero te acostumbrarás y la mayoría de la gente que viene aquí es amable una vez que las cosas se ponen en marcha. Reducirán los números y, si pasamos el corte, podremos quedarnos y pasar a la siguiente fase".

"Entonces, ¿no es tu primera vez?" pregunté.

"No, he estado aquí muchas veces, pero siempre me pone muy nerviosa", dijo Lilith. "Para mí, no importa cuántas veces venga aquí, siempre es como la primera vez".

Pensaba en venir aquí varias veces y ser rechazada. Había que tener muchas agallas para seguir viniendo. Lo dije y añadí: "Entonces, ¿han reducido los números?".

"Sí, más o menos enseguida, para que puedan ponerse manos a la obra", dijo mientras temblaba. Me di cuenta de que tenía la piel de gallina a lo largo de los antebrazos. Me había puesto nerviosa, pero ahora, al ver lo nerviosa que estaba Lilith, de alguna manera me ponía menos nerviosa.

"Nadie te habló del proceso. ¿Qué organización te reclutó?", preguntó.

No me sentía cómoda diciéndole que la propietaria de Goddess Creator Fashion me había reclutado personalmente. En lugar de eso, le dije que me había puesto en contacto con ella un amigo de un amigo.

"Una vez al mes, nos invitan aquí -nos dan una muestra-, pero normalmente sólo seleccionan a un puñado de chicas para que prueben para el siguiente nivel. Llevo viniendo seis meses y hasta ahora no me han elegido para pasar del primer nivel".

Conté rápidamente cuántas chicas había a ambos lados, incluyéndome a mí conté veinticinco. Teniendo en cuenta que era mi primera vez, supuse que las probabilidades no estaban a mi favor. De hecho, probablemente tenía muy pocas posibilidades viendo a mi competencia.

"¿Qué modelismo has hecho antes?", me preguntó.

Volví a mentir: "Sólo cosas locales, aquí y allá. ¿Y tú?"

"Tengo mi propio sitio web y he modelado para Wal-Mart, Target, Sears y algunas otras cadenas cuando estaban ampliando sus líneas de moda Plus Size. Acepto cualquier trabajo que pueda conseguir, pero Goddess Creator Fashion, trabajar con ellos es mi sueño. Sigo aceptando otros trabajos, para añadirlos a mi currículum con la esperanza de hacer realidad mi sueño algún día."

"Vaya, eso es increíble", dije justo cuando una mujer vestida de pies a cabeza con un ardiente traje pantalón rojo se abría paso por el suelo portando un largo bastón puntiagudo. Sus tacones de aguja, que parecían tener al menos diez centímetros de altura, hacían pucketa pucketa mientras cruzaba la habitación sobre el suelo de madera. La mujer parecía medir al menos 1,80 m sin zapatos, por lo que parecía un maldito gigante flacucho. Detrás de ella, un hombre que medía alrededor de 1,80 m, la seguía dando golpecitos continuamente en su iPad.

"Es realmente increíble", dijo Lilith, "observa. Quiero decir, mira y aprende".

"Da miedo".

"Aún no has visto nada".

Supuse que la mujer iría por un lado y luego por el siguiente. Pero no, primero iba a intimidar y luego a elegir a la gente al azar. Pero antes iba a dar una vuelta y mirarnos como si fuéramos cachorros esperando a ser adoptados.

Cuando se acercó a nosotras, Lilith se sentó erguida y yo hice lo mismo. Por desgracia, al hacerlo se me cayó el móvil del bolsillo y cayó al suelo. La mujer no reaccionó ni me miró directamente (¡gracias a Dios!) mientras lo recuperaba y lo metía en el bolso. Me sentía como una novata.

"Lilith Martin", dijo la mujer, y yo aplaudí.

Antes de levantarse, Lilith me susurró: "Si te llama por tu nombre, estás acabada". Respiró hondo, me di cuenta de que estaba luchando contra las lágrimas: "Buena suerte y espero verte la próxima vez. No me doy por vencida".

Nos dimos un breve apretón de manos y se marchó. Me sentí muy mal. ¿Por qué había noqueado a la pobre Lilith y además la primera? Nadie quería ser el primero en irse. Era como ser el primer expulsado de Supervivientes.

Dijo un nombre tras otro. Me sobresalté cuando habló. Su voz era aguda y con un registro como el de las uñas en una pizarra. Todas las elecciones eran aleatorias y sin ninguna rima ni razón en particular que yo pudiera ver. Pronto sólo quedamos dos, la alta candidata amazona de enfrente y yo. Esto tenía que ser una especie de broma, ¿no? ¿Yo contra ella? Miré a mi alrededor, preguntándome si habría cámaras ocultas y alguien saldría corriendo a gritar el Día de los Inocentes. Eso sí, no estábamos ni cerca de abril.

"Venid", dijo la mujer. La otra modelo y yo sonreímos mientras avanzábamos por el piso. El hombrecillo del iPad nos hizo fotos cuando nos juntamos y luego siguió dando golpecitos alegremente.

"Enhorabuena, candidatas", dijeron al unísono la mujer del traje pantalón y su secuaz. Dio un golpecito con su bastón y se volvió.

"Gracias", dijimos.

"Manos a la obra. Tenemos trabajo que hacer", dijo la mujer mientras cruzaba apresuradamente la sala con el joven siguiéndole de cerca.

Los aspirantes a modelo nos quedamos atrás.

Capítulo 11

J UGANDO A SEGUIR AL líder salimos de la sala. Pronto nos encontramos en una sala separada con una pasarela preparada. La plataforma no parecía tan alta ni me la había imaginado. Las de las películas y los programas de moda siempre parecían tan altas y largas. Quizá la hicieron más baja para que los novatos no les demandáramos por lesiones cuando nos cayéramos.

"Vamos al grano", dijo la mujer del traje pantalón. "Soy Madame Levesque y podéis llamarme Madame Levesque. Éste es mi asistente personal Jeremy Bolt".

Saludamos con la cabeza y ella continuó: "Jeremy os acompañará a los vestuarios, donde un ayudante elegirá un conjunto y os vestirá a las dos. Debéis llevar lo que os elijan, incluidos los zapatos. Luego os enviarán a maquillaje, donde recibiréis un cambio de imagen completo. Escuchad atentamente todos los consejos que os den los estilistas, porque os serán de gran ayuda y sin ellos no sois nada -dijo como si ya lo hubiera dicho cien veces, mientras golpeaba el bastón al ritmo de cada sílaba.

Mi competidora levantó la mano, como si estuviera en clase en el colegio. Madame Levesque se dio cuenta, pero la ignoró y empezó a alejarse. Qué grosera, pensé, pero me alegré de no haber intentado preguntar nada.

Todo esto era sumamente excitante. Temblaba ante la idea de salir a la pasarela y descender por ella. En mi mente, recordé en Sexo en Nueva York cuando Carrie Bradshaw se había caído. Me reí para mis adentros, mientras seguíamos de cerca a Madame Levesque.

Me concentré en maquillarme por completo. Me sentía muy afortunada por tener esta oportunidad.

Nos detuvimos y Madame Levesque golpeó dos veces el suelo con su bastón.

"A las 14:15 en punto estarás lista para desfilar por la pasarela". Lanzó una moneda al aire, "pídela", dijo, y yo dije "cruz". La moneda cayó al suelo y rodó. Juntos nos acercamos a ver los resultados, era cruz: yo tendría que ir primero.

"Cuando empiece la música, estaréis preparados. Una tras otra. Caminaréis por la pasarela, caminaréis por vuestra vida. Después decidiré cuál de vosotras seguirá entrenándose en el Campo de Entrenamiento para prepararse para nuestro Desfile de la Diosa Creadora en París. Buena suerte a las dos".

La cabeza me daba vueltas mientras seguíamos a Jeremy para conocer a nuestros creadores (o más bien a nuestros maquilladores.) Era una oportunidad única y yo simplemente tenía que estar sensacional.

Capítulo 12

Nos SEPARARON A MI competidora y a mí sin presentarnos formalmente. Ella parecía una profesional y, siendo novata, quizá fuera mejor así. Al fin y al cabo, sin conocerme, ella no tendría conocimiento de mi falta de experiencia profesional como modelo. Como nunca la habían llamado por su nombre, ni tampoco el mío, ambas estábamos en el mismo barco.

Cuando llegamos a la habitación que me habían asignado, Jeremy abrió la puerta con brusquedad, me empujó suavemente hacia el interior y cerró la puerta. Oí sus pasos fuera mientras se alejaba. Mientras tanto, me quedé allí esperando a que alguien reconociera mi presencia, pero nadie lo hizo.

"Yoo-hoo", dije. Imaginé que Carson Kressley estaba detrás de la puerta número uno. Me acerqué, la abrí, pero no había nadie. Aceptaría cualquier ayuda. Incluso de esas dos mujeres que tenían su propio programa en la televisión británica hace unos años. Nada. No había nadie. Estaba totalmente sola.

Miré el reloj y me di cuenta de que dentro de una hora tendría que desfilar por aquella pasarela, y que aquel desfile haría o desharía mi carrera como modelo.

Consideré la posibilidad de sentarme, pero decidí que lamentarme no iba a mejorar mi situación. Abrí la puerta con la esperanza de pedir consejo a Jeremy, pero no estaba a la vista. No quería entrar en pánico y, sin embargo, lo hice. No del todo, pero llamé a Brandon y le conté lo sucedido, y él me dijo que me pusiera manos a la obra, que me ocupara y les pateara el culo.

Tras unos momentos de pánico, hice lo que haría cualquier modelo que se precie: empecé a sacar ropa del perchero. Reduciendo los conjuntos. Esperaba ganar tiempo cuando llegara mi ayudante. Buscando el conjunto perfecto.

Hice fotos de las prendas y se las envié a Brandon, las redujimos y, con la ayuda de mi mejor amiga, estaba en camino de parecer la modelo.

Tras varios intentos, y con el reloj corriendo y Brandon al teléfono, nos decidimos por un look formal, sexy pero no demasiado. Elegimos los zapatos, el bolso, los pendientes y un pasador diminuto para el pelo.

"No creerás que te estoy engañando, ¿verdad?". le pregunté a Brandon.

"Claro que no", dijo, "no han cumplido su parte del trato. Pero deberías colgar ahora, amor, si estás tranquila y preparada. La práctica hace la perfección. Te quiero".

"Yo también te quiero, Brandon, y gracias".

Ahora que estaba vestida, practiqué caminando arriba y abajo simulando que estaba en la pasarela. Los zapatos que había elegido eran cómodos y no tenía miedo de caerme o tropezar. Ahora que me sentía muy segura de mí misma, me acerqué a un espejo, me repasé el maquillaje y miré el reloj. Eran las 2:10 y sólo quedaban cinco minutos para la hora del desfile. Utilicé rápidamente las instalaciones.

Con sólo unos instantes de sobra, me dejé caer en un cómodo sillón (con cuidado de no arrugar nada) y me sentí muy satisfecha por lo que Brandon y yo habíamos conseguido. Juntos éramos un tour de force regular.

Un momento después llamaron a la puerta y era Jeremy.

"No ha aparecido nadie para ayudarme".

"Ya lo sé". Echó un vistazo a mi atuendo y sonrió. "Sígueme".

"Espera. ¿Por qué no me ayudó nadie?" pregunté.

Jeremy se detuvo y se volvió para mirarme. "No me corresponde a mí explicártelo, pero puedo decirte una cosa: no necesitabas ayuda. Simplemente estás fan-ta-bu-losa".

"Gracias", dije, "Ahora pongamos en marcha este espectáculo".

Jeremy se rió.

Aunque habíamos recorrido el pasillo antes, cuando volvimos, tomamos otra ruta y parecía que tardábamos siglos y siglos en llegar. Divisé a mi competidora, con un equipo de personas, en su mayoría mujeres, arreglándole el pelo y haciéndole ajustes de última hora. Tenía un aspecto impresionante y estaba preparada y ansiosa por ir, aunque yo iba a ir primero. Me miró de pies a cabeza y luego apartó la mirada.

Te tengo zorra, pensé.

Levanté la barbilla y, cuando llegó la señal, salí a las luces brillantes.

Capítulo 13

AL PRINCIPIO, NO PODÍA ver nada porque las luces brillantes me cegaban. Recordé los desfiles de moda que había visto en televisión. La mayoría de las modelos llevaban gafas de sol, pero hasta ahora pensaba que eran un accesorio. Ahora me daba cuenta de que era mucho más importante tenerlas. Deseaba tener unas.

Además de ser extremadamente luminosas, el calor que desprendían las luces me hacía sentir que el maquillaje se me resbalaba y pronto me gotearía por la cara. Caminé más deprisa. Concentrada. Segura de mí misma

Seguí caminando. Cuando llegué al final, hice un giro, con una floritura. Me detuve, hice un segundo giro y emprendí el camino de vuelta. Cuando llegué a la cortina del final, me sentí triunfante. No me había caído. ¡Lo había conseguido!

Mi competidora llevaba ahora gafas de sol cuando salió a la pasarela. Estaba muy cómoda allí fuera, e incluso yo podía sentir la emoción en el aire mientras hacía lo suyo. Lo que llevaba puesto le sentaba bien, había ido cien por cien informal con vaqueros, una chaqueta y una gorrita. Llevaba unas botas de tacón alto, de tacón de aguja, y hacía los giros perfectamente y volvía pronto.

Todo acabó muy rápido. Entre los dos, nuestro paseo por la vida sólo había durado unos minutos.

Nos pusimos una al lado de la otra y esperamos en silencio, contentas de haber hecho todo lo posible.

Capítulo 14

UNOS INSTANTES DESPUÉS, JEREMY salió de la nada. En sus manos llevaba dos sobres blancos, uno para cada uno de nosotros. Después de entregarlos, dio media vuelta y se marchó. La chica amazona, sin dudarlo, rompió su sobre. Observé su rostro. Su expresión no cambió. Recogió sus cosas y se marchó. Qué extraño.

Ya solo, dejé el sobre en el suelo. Me quité los zapatos y salí a la pasarela. Podría ser mi última oportunidad de caminar sobre ella. Esta vez, al final, en vez de darme la vuelta, me senté con las piernas balanceándose en el borde. Volví a sentirme como una niña pequeña. Ojalá mamá hubiera podido estar aquí. Para verlo.

Antes, cuando los focos estaban encendidos, no podía ver gran cosa de la sala. Ahora estaban en penumbra y pude ver que no había asientos a los lados, como yo esperaba. La sala estaba prácticamente vacía. En cierto modo era un espacio triste, demasiado silencioso. Ansiaba llenarse de gente y música.

Ya preparada, miré el sobre. Lo cogí y lo abrí. Dentro había dos bonos de billetes de avión a París, reservas de hotel, una tarjeta de crédito, algo de dinero y una nota manuscrita:

Felicidades Christina &

¡Bienvenida al equipo de la Diosa Creadora de la Moda!

¡Sabía que podías hacerlo!

Sharon Lindt

Presidenta y Directora General

Creadora de Diosas de la Moda.

Volví a caer sobre la pasarela, miré al techo y lloré como un bebé. No me lo podía creer. Yo, Christina Langdon, iba a ser modelo de Goddess Creator Fashion.

Después de calmarme, marqué el número de Brandon. Sollocé mi ubicación y le dije que por favor viniera a buscarme. Dijo que lo haría. Esperé. Estaba muy orgullosa de mí misma. Me moría de ganas de contarle mis noticias.

"Nena, nena", arrulló Brandon cuando entró en la habitación. Le pisaba los talones el guardia de seguridad, que tenía la cara roja y estaba muy enfadado. No había pensado en el guardia. No se me había ocurrido que mi petición provocaría una escena. Mientras tanto, Brandon corría hacia mí.

Yo, con el maquillaje corrido por las mejillas. Yo, con cara de haber perdido el papel, no de haberlo ganado. Se había equivocado de bando. Tenía que ponerle las cosas en su sitio y rápido.

"¡Esos cabrones! Esos completos y absolutos bastardos".

Me eché a llorar y empecé a reírme. "No pasa nada".

Brandon debió de pensar que por fin me había vuelto loca, porque la expresión de su cara pasó de la empatía a la ira. "¿Dónde están?", gritó. "Déjame llegar hasta ellos, yo, yo...".

"Perdona", dijo Jeremy. "¿A qué vienen esos gritos? Te oímos por todo el pasillo y a Madame Levesque no le hace ninguna gracia".

Jeremy habló rápidamente con el guardia de seguridad y le confirmó que él se encargaría de la situación.

Mientras tanto, hice un movimiento para ir a hablar con Jeremy, pero Brandon fue demasiado rápido y me pasó de largo. Mi mejor amiga se acercó a Jeremy e hizo algo

que no podía creer que hiciera: le dio un puñetazo. Sí, le pinchó justo en el pecho y le dijo: "¿Cómo te atreves?".

Jeremy dio un paso hacia Brandon y dijo: "¡CÓMO te atreves!".

Corrí hacia él y me coloqué entre los dos. Puse el brazo izquierdo alrededor del cuello de Jeremy y el derecho alrededor del cuello de Brandon y dije: "Creo que tenemos un pequeño malentendido".

Los dos chicos se miraron fijamente, como si pudieran ver a través de mí. Lo cual es algo teniendo en cuenta mi tamaño y mi peso.

"¿Queréis parar y dejar que os lo explique?

Tardaron un rato, pero se calmaron. Decidí que mi mejor estrategia era dividir y conquistar.

"En primer lugar, Jeremy".

"¿Y por qué es ÉL el primero?" interrumpió Brandon con las dos manos en las caderas. "¿Y quién es él? Me conoces desde hace años. Estoy dolido hasta la médula. Somos amigas íntimas y ¿ahora antepones a este desconocido? ¿Por encima de mí?"

"Oh, hermano", dijo Jeremy.

Brandon dio un paso hacia él, con la cara roja como un latido.

"Tómate un calmante", le dije.

Se calmó y yo seguí hablando con Jeremy y le expliqué lo que había provocado el malentendido. Se rió, sin dejar de mirar a Brandon. Pude verlo en sus ojos, admiraba cómo Brandon me protegía. Sonrió y se disculpó con Brandon. Se dieron la mano, acordaron dejar lo pasado en el pasado y Jeremy salió de la habitación. Al salir, le vi mirar por encima del hombro. Se estaba fijando en Brandon. Sí, fue sólo un momento. Me di cuenta, pero Brandon no se dio cuenta porque estaba cien por cien centrado en mí y en mi bienestar.

Me di cuenta de que Brandon y Jeremy harían muy buena pareja.

Ya a solas con Brandon, que se paseaba como si no hubiera un mañana, le dije que había conseguido el trabajo de modelo y que pronto me iría a París. Bailamos por la habitación cogidos de la mano como dos niños pequeños. Él estaba tan contento por mí y yo estaba tan contenta por mí. Lo habíamos conseguido juntos. Sin su ayuda, nunca habría sucedido. Éramos aún más mejores amigas.

¿No es graciosa la vida cuando alcanzas un sueño que ni siquiera sabías que querías? Es cierto que esto no era más que el principio y que me quedaba mucho trabajo por hacer antes de convertirme en una modelo de verdad, pero ahora la puerta estaba abierta y todo lo que tenía que hacer era trabajar duro y tenía la oportunidad de conseguirlo.

Salimos a celebrarlo y bebimos demasiados Mojitos. Bromeé con Brandon sobre Jeremy, preguntándole si le parecía guapo.

"Eh, ni siquiera me fijé en el tío del iPad", dijo Brandon.

"Mentiroso, y estaba totalmente colado por ti. Te echó un vistazo y todo".

"Te lo estás inventando", dijo Brandon.

"Ya veremos, pero vosotros dos haríais una pareja muy mona".

Después de llegar a casa bastante tarde, Brandon pasó la noche en el suelo de mi habitación. Por la mañana, les conté a mi madre y a mi hermano la buena noticia. Mamá saltó por los aires y ululó. Los cuatro nos cogimos de la mano y bailamos en círculo. Todo el mundo estaba muy contento; bailábamos como mexicanos borrachos y nos lo pasábamos de maravilla.

"¿Qué os vais a llevar a París?" preguntó Brandon.

"¿Qué te vas a poner en París? preguntó mamá.

"¿Cómo te van a entender?", preguntó mi hermano.

"¿Qué vas a hacer con tu trabajo?", dijeron al unísono.

Demasiado resacosa para pensar en ninguna de sus preguntas, volví a la cama y soñé con París y el champán. Como Scarlett O'Hara en "Lo que el viento se llevó", iba a pensar en ello por la mañana.

¡GRACIAS!

Queridos lectores,

Sólo una nota rápida de agradecimiento a vosotros por leer, y a todos los que me ayudaron a mejorar mi libro, incluidos mi(s) editor(es), mi(s) corrector(es) y mis lectores beta.

Como siempre, ¡feliz lectura!

Cathy

SOBRE EL AUTOR

La multipremiada autora Cathy McGough
vive y escribe en Ontario, Canadá
con su marido, su hijo, sus dos gatos y un perro.
Si quieres ponerte en contacto con Cathy, envíale un correo
electrónico a
cathy@cathymcgough.com.
Le encanta saber de sus lectores.

TAMBIÉN POR:

FICCIÓN: El hijo de todos

El secreto de Ribby

Trece relatos cortos (que incluyen: El paraguas y el viento; La revelación de Margaret;

Vino de diente de león (FINALISTA DEL PREMIO AL LIBRO FAVORITO DE LOS LECTORES)

Entrevistas con escritores legendarios del más allá (2º LUGAR MEJOR REFERENCIA LITERARIA 2016 EDITORIAL METAMORPH)

NO FICCIÓN:103 Ideas Para Recaudar Fondos Para Padres Voluntarios Con

Escuelas y Equipos (3er LUGAR MEJOR REFERENCIA 2016 METAMORPH PUBLISHING)

+ Libros infantiles y juveniles